Un hibou bien chouette!

Texte de Penny Matthews

Illustrations de Stephen Michael King

Texte français de France Gagnon

Éditions
SCHOLASTIC

Catalogage avant publication de Bibliothèque
et Archives Canada

Matthews, Penny, 1945-
Un hibou bien chouette! / Penny Matthews;
illustrations de Stephen Michael King;
texte français de France Gagnon.

(Petit roman)
Traduction de : Jack's Owl.
Pour les 7-9 ans.
ISBN 0-439-95850-4

I. King, Stephen Michael II. Gagnon, France III. Titre.

PZ26.3.M325Hi 2005   j823'.914   C2004-906779-6

Édition publiée par les Éditions Scholastic, 175 Hillmount Road,
Markham (Ontario) L6C 1Z7 CANADA.

6 5 4 3 2 1   Imprimé au Canada   05 06 07 08

Pour Viv, qui adore les hiboux — P.M.

Pour le podarge gris,
de passage parmi nous — S.M.K.

Chapitre 1

Luc fait un séjour chez sa tante
Marie. Elle habite une grande et
vieille maison, entourée d'une
haie. Au milieu de la haie, une
porte s'ouvre sur la forêt.

Luc adore se promener dans la forêt. Il aime les gros arbres tout tordus et les sentiers sinueux.

Parfois, Luc entend crier de
petits animaux. Mais quand il
s'approche, il ne voit jamais rien.

Un soir, la tante de Luc lui
raconte des histoires sur la forêt.

— C'est une forêt peuplée
d'animaux magiques, dit-elle.
Une fois, j'ai vu une souris aux
moustaches rose vif.

— J'aimerais bien voir une
souris comme ça, moi aussi, dit
Luc.

Cette nuit-là, quand Luc va se coucher, il entend un hibou hululer dans la forêt. Il a l'impression que le hibou l'appelle.

Chapitre 2

Le lendemain, Luc part à la
recherche d'animaux magiques.

Il s'enfonce loin dans la forêt.
Bientôt, les arbres se font plus
nombreux et cachent le soleil.

Luc marche jusqu'à ce que ses jambes soient fatiguées. La forêt est sombre et silencieuse. Il ne voit rien de magique.

Luc s'assoit sous un arbre. Il se sent triste.

Tout à coup, il aperçoit une petite souris grise. Elle a des moustaches rose vif!

— La souris magique! murmure Luc en souriant. Viens ici, petite souris, dit-il tout doucement en tendant la main.

La souris s'enfuit brusquement.

— Non, ne te sauve pas! dit Luc.

Il se lance à la poursuite de la souris.

Chapitre 3

Soudain, un petit hibou fonce vers
le sol.

La souris disparaît en un clin
d'œil.

— Oh! s'écrie Luc.

— Ratée! fait le hibou.

Ses yeux ressemblent à deux
lunes dorées.

Un hibou qui parle!
Luc reste bouche bée.

Le hibou se pose sur une
branche.

— Salut! Je suis Amidou, dit-il.
Tu n'aurais pas quelque chose à
manger? J'ai faim. Les souris me
filent toujours entre les pattes.

Luc aimerait bien montrer le hibou à sa tante.

— Viens avec moi, Amidou, dit-il. Je vais te donner plein de choses à manger.

Chapitre 4

Luc court jusqu'à la maison de sa tante. Le hibou vole au-dessus de sa tête.

Luc arrive en trombe dans la cuisine.

— Tante Marie! Regarde ce que j'ai! Il s'appelle Amidou et il va rester avec nous!

— Oh! Tu as trouvé un animal magique! s'écrie tante Marie.

— Il sait parler! ajoute Luc.
Il donne un morceau de
fromage à Amidou.

Le hibou picore le fromage.
— Pouah! dit-il. Tu n'aurais
pas plutôt une souris? Ou une
coccinelle?

— Les hiboux ne mangent pas de fromage, dit tante Marie.
Ils chassent pour trouver leur nourriture.

— Mais il est affamé! réplique Luc.

— Qu'est-ce qu'on pourrait bien lui donner? dit sa tante. Un morceau de saucisse, peut-être?

Chapitre 5

Cette nuit-là, Luc ne dort pas très bien.

Le hibou fait beaucoup de bruit. Il vole partout dans la chambre et renverse des objets avec ses ailes.

Parfois, il se pose sur l'appui de la fenêtre et hulule.

Puis il grimpe aux rideaux.

Tout à coup, le hibou aperçoit quelque chose de gris et se jette dessus.

— Eh! crie Luc. C'est mon gant!

Amidou crache quelques brins
de laine.

— Je pensais que c'était une
souris, dit-il. J'ai encore faim.
Je dois retourner chez moi,
dans la forêt.

Mais lorsque le soleil se lève,
Amidou tombe endormi, comme
tous les hiboux.

Il dort toute la journée.

Chapitre 6

Au coucher du soleil, Amidou
se réveille. Luc lui donne des
morceaux de saucisse. Le hibou
dévore tout.

— Miam! fait Amidou.

Luc caresse le doux plumage du hibou.

— Viens! lui dit-il. Je vais te montrer le reste de la maison.

Le hibou se perche sur la tête
de Luc. Ils descendent l'escalier.

Amidou se promène sur les notes du piano.

Il hulule en voyant le coucou.

Il vole partout dans le garde-manger. Il y a beaucoup de saucisses!

— C'était très amusant, dit
Amidou, mais je dois retourner
chez moi, dans la forêt.

— Pas tout de suite, dit Luc.
Bientôt.

Pendant que Luc dort, Amidou reste perché sur l'appui de la fenêtre. Il regarde fixement la forêt.

Mais, encore une fois, quand
le soleil se lève, il tombe endormi.

Chapitre 7

Trois jours s'écoulent ainsi. Luc
donne beaucoup de choses à
manger au hibou.

Le soir, Luc laisse Amidou voler dans la maison. Mais il garde les portes et les fenêtres fermées.

— Je ne veux pas que tu te sauves, dit Luc.

Amidou adore les saucisses.
Il en mange tant qu'il devient
tout rond.

Bientôt, ses yeux perdent leur
éclat.

Puis un jour, Amidou cesse de parler.

Chaque nuit, il se perche sur l'appui de la fenêtre et fixe la forêt avec des yeux tristes.

Luc ne sait pas quoi faire.

— Amidou ne veut plus me parler, dit Luc à sa tante.

— Il est malheureux, répond tante Marie. Il est en train de perdre sa magie. C'est dans la forêt qu'il devrait vivre.

— Mais je veux qu'il reste ici, avec moi, dit Luc. Si je le laisse partir, j'ai peur de ne plus le revoir.

Tante Marie prend Luc dans ses bras.

— Tu dois faire ce qui est le mieux pour ton hibou, lui dit-elle.

Chapitre 8

Cette nuit-là, Luc ouvre sa fenêtre toute grande. La forêt brille au clair de lune.

— Il est temps de rentrer chez toi, Amidou, dit Luc.

Le regard du hibou s'illumine. Il picore doucement l'oreille de Luc.

— Merci, Luc, dit-il.

Amidou bat des ailes et
s'élance dans la nuit étoilée.

Luc trouve la maison bien vide
sans Amidou.

Il essaie de lire, mais son ami
lui manque.

Un soir, quelques jours plus tard, Luc entend un grattement à l'extérieur. Il enfile sa robe de chambre et ouvre la fenêtre.

Il y a une souris sur le rebord!

Elle est grise et elle a des
moustaches rose vif!

— Salut, petite souris! dit Luc.

Il tend la main. La souris grimpe
dessus.

Soudain, un petit hibou fonce
droit sur eux.

— Amidou! s'écrie Luc.
Vite, il cache la souris dans la
poche de sa robe de chambre.

— Ratée! fait le hibou, dont les yeux ressemblent à deux lunes dorées. Les souris sont encore trop rusées pour moi. As-tu un morceau de saucisse?

Luc rit et court chercher
un morceau de saucisse pour
Amidou.

— Miam! fait le hibou après
l'avoir avalé tout rond. C'était
bon!

Puis, sans un mot de plus,
il s'envole.

La souris sort la tête de la
poche de Luc.

— Une saucisse? couine-t-elle.
J'adore les saucisses. Est-ce que
je pourrais rester avec toi?

Penny Matthews

Bien des gens aiment les hiboux. Ils sont si beaux et ont l'air très sérieux.

Une fois, quand j'étais petite, j'ai vu un hibou de près. Il était perché sur une branche basse. Il me regardait avec d'immenses yeux jaunes et ne semblait pas du tout effrayé. Je me demande ce qu'il m'aurait dit s'il avait pu parler comme le hibou magique de Luc.

Ce serait bien amusant d'avoir un hibou comme animal de compagnie. Mais c'est encore mieux de pouvoir admirer les animaux sauvages dans leur habitat naturel. Parfois, on a la chance de s'en approcher, et là, c'est *réellement* magique!

Stephen Michael King

Quand j'étais enfant, mes parents me laissaient garder beaucoup d'animaux. J'avais un cacatoès qui s'appelait Fingerbone Bill, et aussi un coq qui, à l'aube, réveillait tout le quartier. J'ai eu des cochons d'Inde, des lapins et des poissons, des chiens avec leurs chiots et des chats avec leurs chatons.

Maintenant, c'est à mon tour d'être parent. Nous avons un chien, nommé Muttly, et notre jardin est rempli d'insectes, de lézards, de grenouilles et d'oiseaux. J'aime qu'ils viennent nous visiter quand cela leur plaît. Mes enfants décideront-ils un jour que l'un de ces petits animaux aurait besoin de vivre *avec* nous?